蚵仔夜行軍

文：三缺一劇團‧魏雋展‧唐芝妍

圖：魏闔廷　審訂：賴欣宜

出版

三缺一劇團

成立於 2003 年，取材於日常生活，擅長以身體、物件、偶戲等手法說故事。2013 年開啟「土地計畫」系列，以劇場美學轉化台灣的鄉野奇談或地方人物。《蚵仔夜行軍》的故事便來自台灣西海岸的漁村，講述一群受汙染的蚵仔如何對人類世界進行反擊。把真實的生活議題轉化為輕盈的魔幻寓言，讓一般大眾走入劇場。

審訂者

賴欣宜

畢業於臺灣師範大學台灣文化及語言文學研究所。長期致力於臺語文化推廣，擁有豐富的臺語教學與校訂經驗。為鳥鼠仔線頂台文讀冊會發起人、擔任「牽囡仔ê手 行台語ê路」親子台語推廣臉書粉絲專頁小編、「牽囡仔ê手 來聽囡仔古」親子台語 Podcast 台文審稿。

繪者

魏閣廷

喜愛自然和旅行，也喜歡在家充電。多棲於插畫、動畫、多媒體影像與劇場，作品常融合奇幻與真實情感，帶有手的溫暖和土的味道。

有聲冊作曲、錄音、剪輯、後製

黃思農

劇場編導、聲響與作曲，2002 年擔任再拒劇團團長與藝術總監至今。近年創作以抗爭記憶、創傷書寫與白色恐怖歷史轉譯為軸。其「聲音劇場」以「聲響」作為敘事軸心，延伸布萊希特的「敘事劇場」概念。2016 年起發展一系列觀眾遊走於城市地景，聆聽虛構聲音文本的「漫遊者劇場」。

掃描 QRcode
聽台語故事錄音喔！

在意想不到的地方，可以發現單曲播放的 QRcode 喔，找找看！

古早古早，海藻食 kah 飽 ——
蚵仔村內底 tuà 一陣天真快樂 ê 蚵仔，
個逐工攏 kā 殼拍 -- 開，
飽嗦飽嗦 leh 食海藻，食飽睏，睏飽食，
tuà-tī 海底來歇熱，大聲大聲 leh 唱歌。

逐擺，庄內 ê 蚵仔變 kah 白 phau-phau 幼 mi-mi ê 時陣，
海面上 tiō 會出現一个足大足大 ê 烏影，
彼是蚵仔 ê 神明 ——

Hojia!

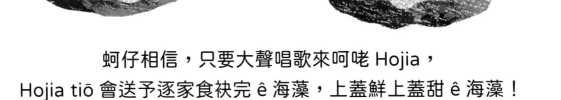

蚵仔相信，只要大聲唱歌來呵咾 Hojia，
Hojia tiō 會送予逐家食袂完 ê 海藻，上蓋鮮上蓋甜 ê 海藻！

Hia--ê 食 kah 肥 tsut-tsut ê 大 mī 蚵仔，
tiō 會通予 Hojia 炁去海面上 ê 世界，
佮 Hojia 做伙生活。
全心全意 kā 家己獻予 Hojia，是 tsit-kuá 蚵仔上大 ê 使命。

Hojia一定是上大 mī ê 蚵仔，
一定是一位老蚵仔仙！

毋知影海面上 ê 世界生做啥物款？
Hojia 敢佮咱仝款生做白 phau-phau 幼 mi-mi？

一个瘦 pi-pa ê 蚵仔囝，
逐家攏叫伊細 mī 蚵，出聲 leh 問。

問 kah hiah 濟欲創啥？
你瘦 pi-pa，
根本無可能予 Hojia 焉 -- khi-lih 啊。

囡仔人話較濟貓毛，
拍拚食海藻 tiō 著 -- ah！

今仔日，海面上又閣出現彼个大烏影，是 Hojia 來 -- ah ！

村長報告，村長報告，

C 區 ê 蚵仔恁有福氣 -- ah ，

請 kā 殼關 hoo 好，

準備 hōo Hojia kā 恁焄去海面上 ê 好所在 -- 囉！

瘦 pi-pa ê 細 mī 蚵偷偷仔 bih tī-leh C 區 ê 肥蚵仔內面，
滿心期待欲予 Hojia 焄 -- khi-lih ！

規个蚵仔村慢慢 á 升懸到海面，
細 mī 蚵偷偷仔拍開伊 ê 殼，
想欲偷看偉大 ê Hojia 生做啥物款。

無看無代誌，看一下是 不得了！
Hojia 有五 ki 長長 ê 爪仔，親像海星 kā 蚵仔 ê 殼擘 -- 開，
Hojia 閣有一个大大 ê 嘴，親像蚵螺，kā 蚵仔食 -- 落去！

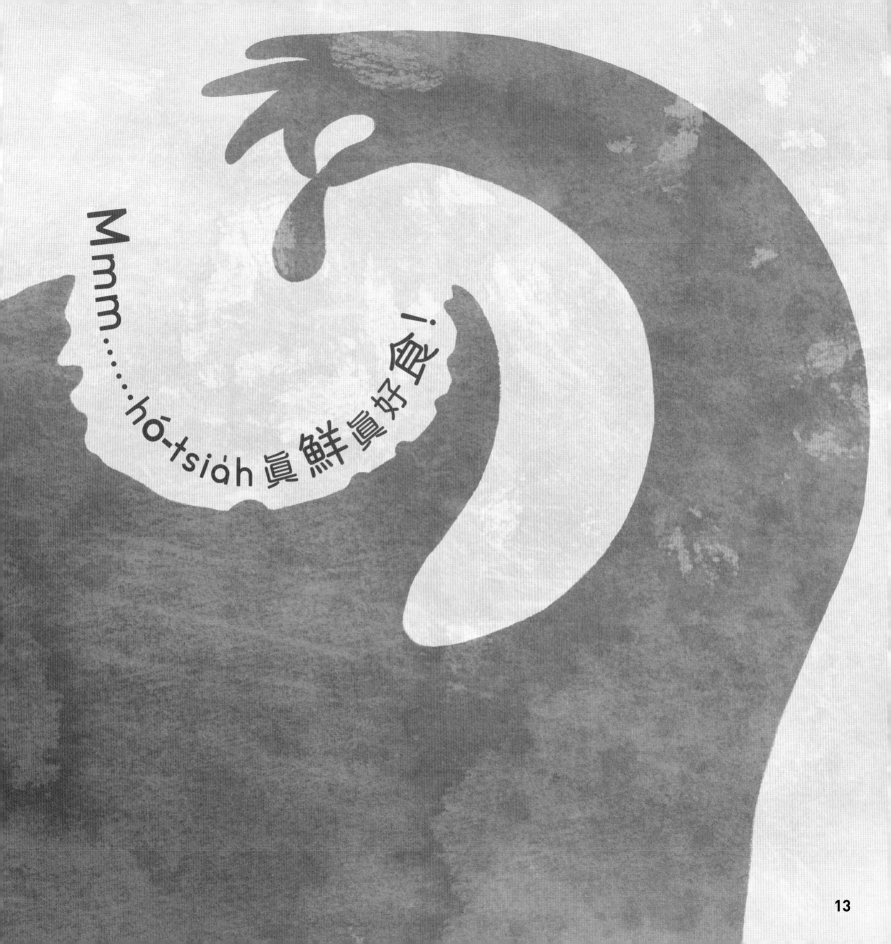

食了了

蚵仔煎蚵仔酥蚵仔麵線蚵仔湯
蚵仔豆腐蚵仔麵蚵仔炒飯來配燒酒
蚵……蚵仔
蚵……蚵仔
予人類食了了！
予人類食了了！

14

一个 Hojia 看蔶瘦 pi-pa ê 細 mī 蚵按呢講。

這粒哪會遮瘦……

15

運氣真好 ê 細 mi 蚵，就 án-ne 去 hoo 擲轉去海底。

母知影漂流偌久，細 mî 蚵予海湧沖 khì-lih 海岸。

頭昏昏腦鈍鈍 ê 細 mī 蚵，目睭 thí 金，
雄雄看著一个足大 ê Hojia tī-leh 面頭前，
大大 ê 喙親像蚵螺，五 ki 長長 ê 爪仔親像海星，
伊叫是 Hojia 閣出現 --ah，驚 kah phih-phih-tshuah，強欲 "吼" --出來。

Ho———jia!

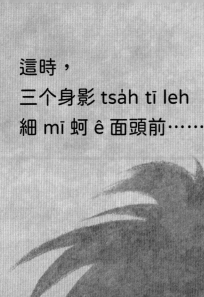

這時，
三个身影 tsáh tī leh
細 mī 蚵 ê 面頭前……

飯桶！彼个 Hojia 是假 -- ê -- lah，
若無早 tiō kā 你拆食落腹！

真正是肥 tsut-tsut ê 養殖蚵仔 -- neh！
Tiō 是 hōo 人類飼來食 -- ê！

可憐 -- 喔，
已經驚 kah 袂振袂動。

莫插 -- 伊，
共伊擲轉去海內底飼蚵螺 -- lah！

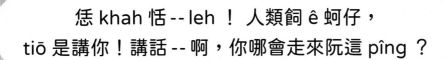

恁 khah 恬 -- leh！人類飼 ê 蚵仔，
tiō 是講你！講話 -- 啊，你哪會走來阮這 pîng？

細 mī 蚵愣愣掠這陣奇怪 ê 生物金金相。

借問恁是⋯⋯？

阮嘛是蚵仔。

恁嘛是蚵仔？
毋過哪會生 kah 青恂恂，歪膏揤斜 -- 啊？

阮是野生 ê 石頭蚵，石頭 tiō 是 Rock，
你嘛 ē-sái 叫阮──Rock 蚵。

Rock 蚵！真摔奅！

阮是歪膏揤斜但是自由自在 ê Rock 蚵，
恁 -- honnh 是 hōo 人類飼來食 ê 肥蚵仔。

人類？人類是啥物？

家己 ê 歷史攏毋知影……

好吃好吃，oo-i-sí，好好味，
hó-tsia̍h--lah！

人類 tiō 是怹 ê 神明，
共怹飼做大箍呆，一喙食--落去。

無知 ê 蚵仔囝，我是遮 ê 老大，你 ē-sái 叫我 Rock 蚵姊。
若欲知影真相，tiō 聽我唱這條 Rock 'n' roll！
來！Em ka 彈--落去♪

ROCK 蚵i歌：悲傷ê蚵仔

古早古早海藻食甲飽
古早古早海水猶未焦

猶毋過
人類來矣歹物仔來矣
海水攏總汙染矣
猶毋過
彼遠遠ê火龍
逐工 tī-leh 噴烏煙排廢水
蚵仔攏總死矣

猶毋過
天頂開始落著黏黏酸酸ê雨
猶毋過
蚵仔ê靈魂無閣再轉來矣
遮 kan-na 賰一片空空ê殼
咱變做綠牡蠣！
咱變做臭蚵仔！

人類來矣人類來矣　蚵仔死矣蚵仔死矣
火龍來矣火龍來矣　蚵仔死矣蚵仔死矣
海水酸矣海藻毒矣　蚵仔蚵仔蚵仔死了了矣

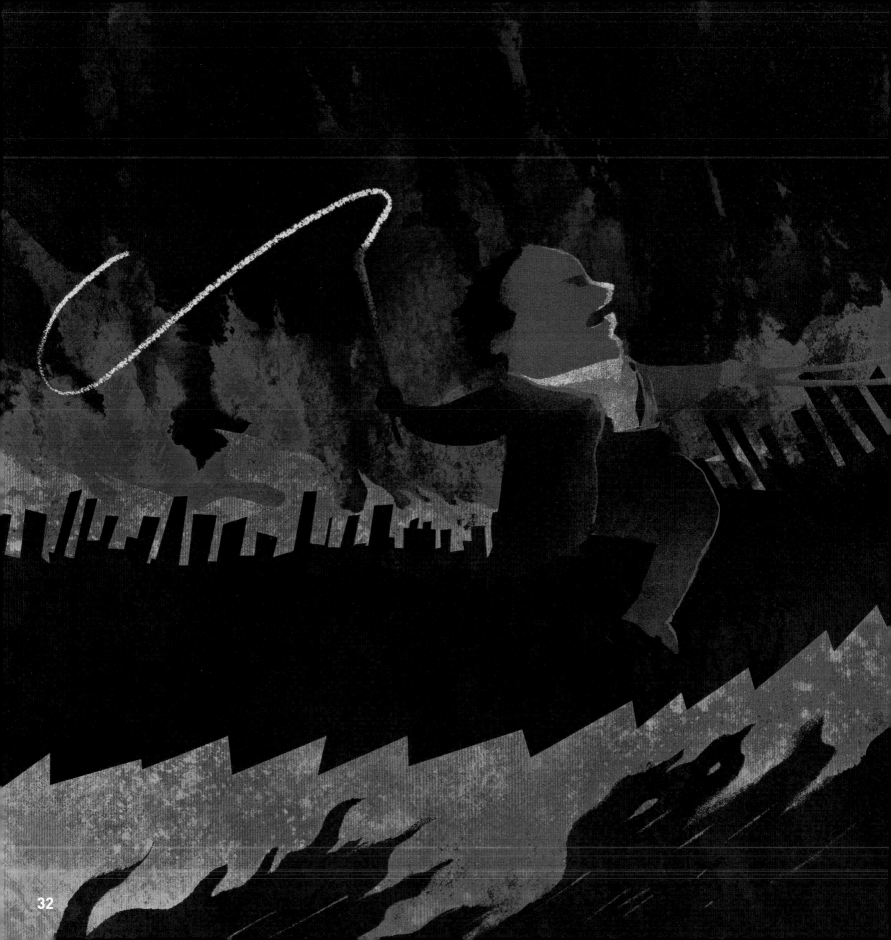

伊 tiō 是人類飼 ê 大怪物。拄開始，
恐怖又閣痟貪 ê 人類，已經 kā 海洋 tshòng kah 亂七八糟，
想袂到閣走一尾火龍出來……
伊逐工噴烏煙，三不五時閣會噴火。
到暗時，規身軀變 kah 紅記記，尖聲亂叫，
親像欲 kā 阮吞 -- 落去。人類佮火龍實在真夭壽！

Rock 蚵姊，
彼隻大火龍到底是啥物？

後來，漸漸海藻愈來愈濟，但是海水 ê 滋味攏總變 -- ah。

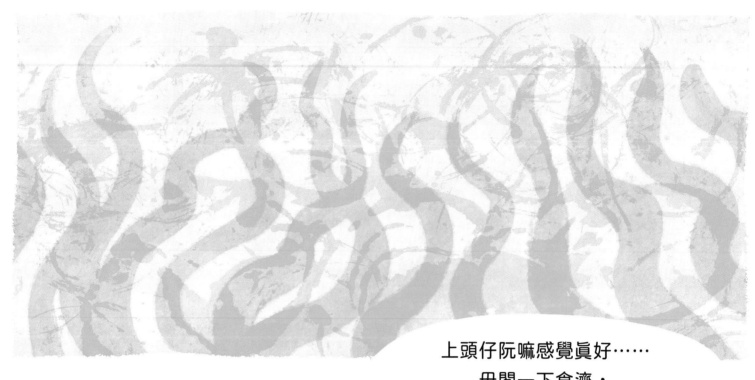

上頭仔阮嘛感覺真好……
毋閣一下食濟，
tiō 變成這款歪膏揤斜 ê 青蚵仔嫂……
中毒 -- ah ！

海藻變濟，按呢敢毋是真好？

35

蚵仔夜行軍欲來揣火龍算數！

火龍 hiah-nī 大隻，咱 tsiah-nī 細隻，哪有可能？

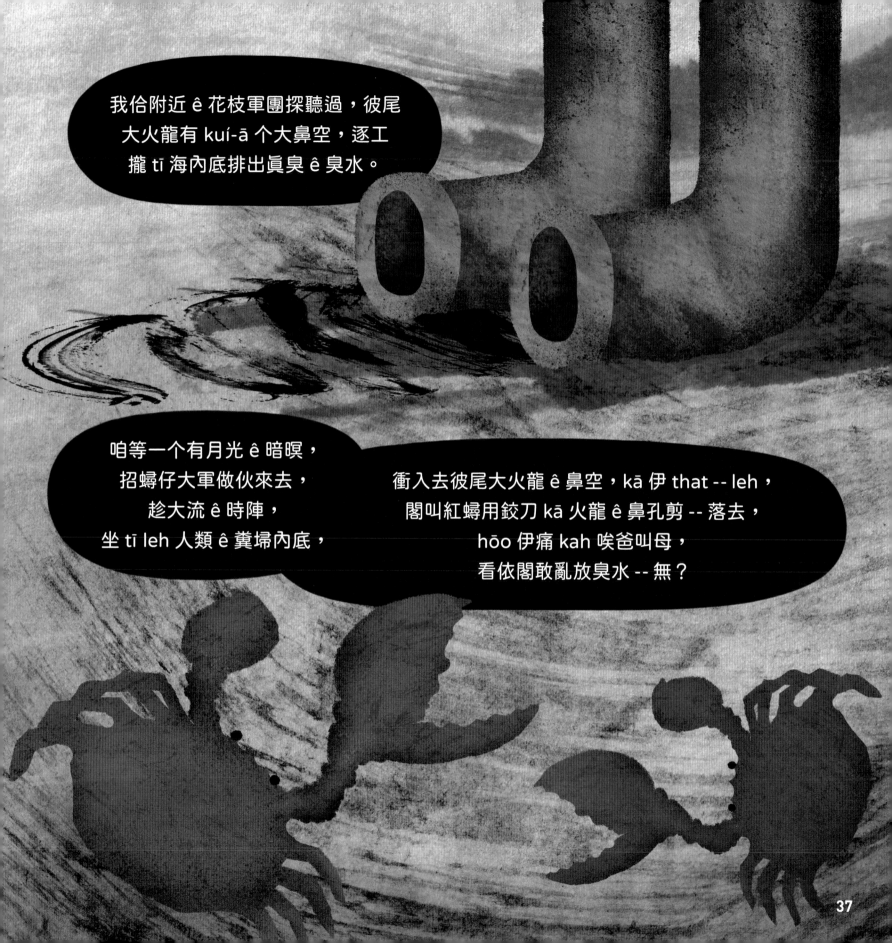

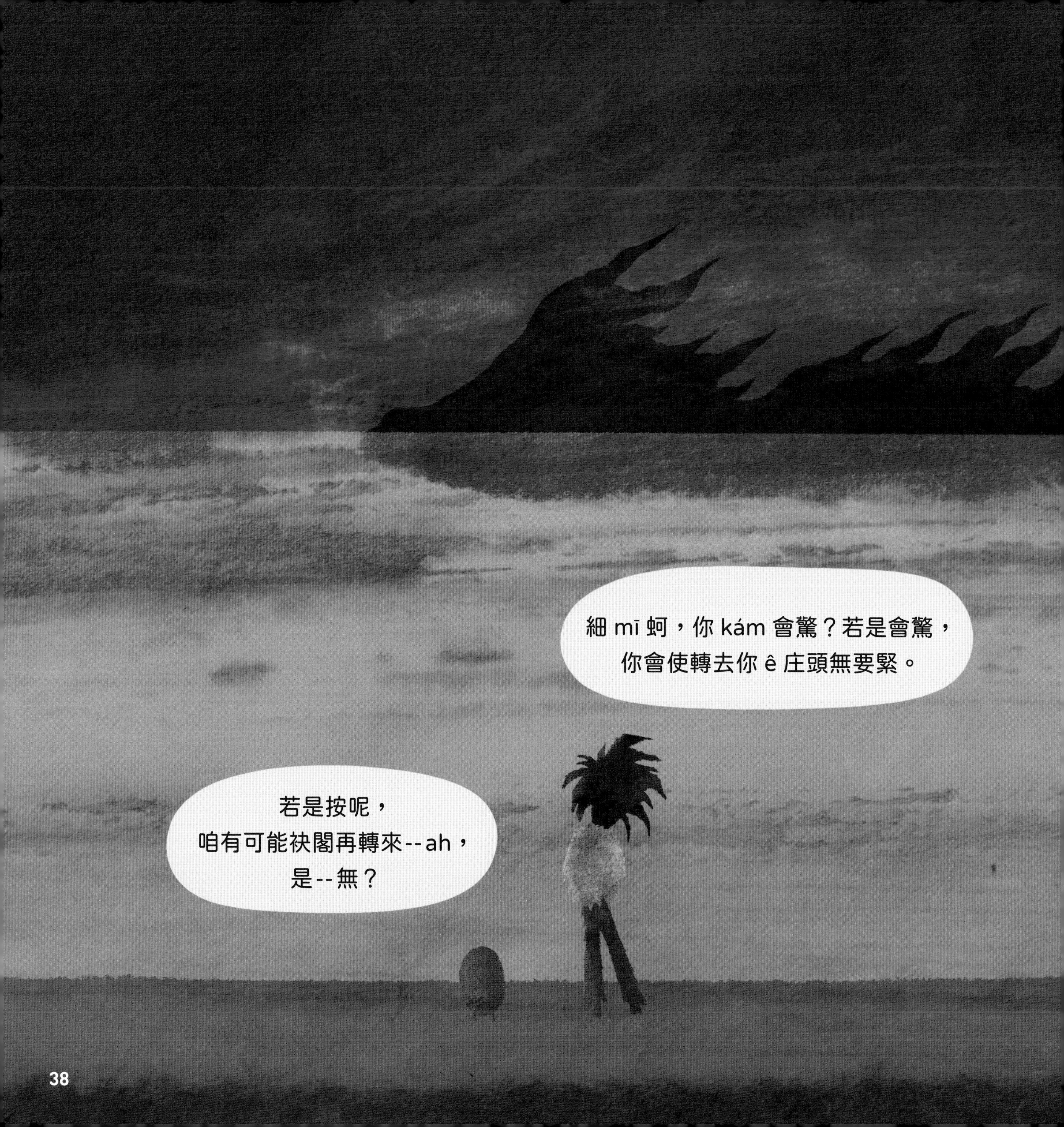
細 mī 蚵，你 kám 會驚？若是會驚，你會使轉去你 ê 庄頭無要緊。
若是按呢，咱有可能袂閣再轉來--ah，是--無？

Rock 蚵姊，我欲佮恁做伙去！
好，眞勇敢。各位蚵仔夜行軍，
出發進前，咱來唱上尾一條歌。
想欲改變 ê 蚵仔，咱鬥陣做伙大聲 ka 唱-- 落去！
Em ka 彈--落去

蚵仔夜行軍

古早古早海藻食甲飽　　蚵仔夜行軍　蚵仔夜行軍　　各位親愛 ê 鄉親父老

古早古早海水猶未焦　　蚵仔夜行軍　欲來出發囉　　阮 tsit-kái 出去可能袂閣再轉來矣

人類來矣　　　　　　　月娘啊！請你愛保庇唉　阮袂閣轉來矣

海水酸矣　蚵仔攏死了了矣　海湧啊！請恁送阮上尾一途　阮袂閣轉來矣

大流來 -- ah，逐家衝矣！

逐家免驚，大聲 ka 唱 -- 落去！

Rock 蚵姊，遮足熱 -- ê -- neh……

咱是蚵仔夜行軍……

各位囡仔兄，囡仔姊，恁若是 tī 海邊仔散步，
看著遠遠 ê 所在有一條火龍 leh 噴火，tsit 个時陣，
請恁斟酌聽，敢有聽 tiȯh 細 mī 蚵騎大火龍 uì 天頂飛 -- 出去 ê 喊喝聲，
iȧh 是有聽 tiȯh Rock 姊 kā 蟳仔 ê 大鉸刀掠牢 -- leh，
uì 大火龍 ê 尾溜……喀擦喀擦鉸 -- 落去 ê 聲……？

若閣斟酌聽--落去，無定著會聽 tiȯh 蚵仔夜行軍 leh 唱歌 ──

蚵仔夜行軍

文　　　　字　三缺一劇團、魏雋展、唐芝妍
插　　　　圖　魏閤廷
審　　　　訂　賴欣宜
改編顧問/編輯　李岱樺
企　　　　劃　陳琳琳

有聲冊

原　創　歌　曲　魏雋展
作曲/錄音/剪輯/後製　黃思農
台 語 配 音 指 導　鄭鈺儒
配 音 / 演 唱　魏雋展、江寶琳、林曉函
合　　　　聲　唐芝妍
使 用 音 樂　Ravel, Joseph-Maurice. *Boléro*.

設 計 排 版 / 印 刷　初雨有限公司 (ivy_design)
總　經　銷　前衛出版社 & 草根出版公司
　　　　　　地址　104 臺北市中山區農安街 153 號 4 樓之 3
　　　　　　電話（02）2586-5708
　　　　　　傳真（02）2586-3758

定　　　　價　NT $600 元
出 版 日 期　2023 年 6 月初版
I S B N　978-986-85545-1-1（精裝）
適 讀 年 齡　適讀年齡 8-12 歲；親子共讀 5-8 歲

國家圖書館出版品預行編目 (CIP) 資料

蚵仔夜行軍/三缺一劇團, 魏雋展, 唐芝妍文
; 魏閤廷圖. -- 初版. -- 臺北市：三缺一劇團,
2023.06
48面；25×25公分
ISBN 978-986-85545-1-1(精裝)

863.599　　　　　　　112006928

信缺一
One Player Short Ensemble